lauren child

De **verdad** que **PODEMOS** cuidar de tu **perro**

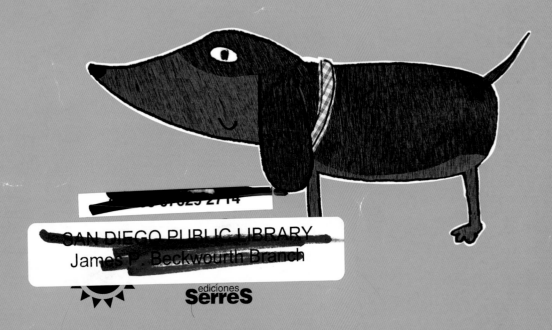

ediciones
SerreS

Juan y Tolola

Texto basado en los guiones de Bridget Hurst y Carol Noble

Título original:

We honestly can look after your dog

Adaptación: Miguel Ángel Mendo

Editado por acuerdo con Puffin Books
Texto e ilustraciones © Tiger Aspect Productions Ltd. y Milk Monitor Ltd., 2005
Juan y Tolola © Tiger Aspect Productions Ltd./Lauren Child
Juan y Tolola™ es una propiedad de Lauren Child
Se hacen valer los derechos morales de la autora e ilustradora

Primera edición en lengua castellana para todo el mundo:
© 2006, RBA Libros, S. A.
Pérez Galdós, 36 – 08012 – Barcelona
www.edicioneserres.com edicioneserres@rba.es

Fotocomposición: Editor Service, S. L., Barcelona

ISBN: 84-8488-250-0

Ésta es mi hermanita Tolola.

Es pequeña y muy divertida.

Ahora lo único que quiere en el mundo es tener un perro.

Pero papá y mamá dicen que no podemos tenerlo

porque nuestra casa no es muy grande y Tolola

es demasiado pequeña para cuidar de él.

"Dí guau, Juan",
me dice Tolola.

Y yo digo:
"¡Guau!"

Luego me dice: "¡Siéntate!"

Y yo me siento.

Mi tazón
del
desayuno

es

ahora el

plato del perro.

Y ha preparado una cama para perros
donde quiere que me acueste yo.

Tolola adora a los perros.

Mucho.

Un día fuimos al parque.

Estábamos mi amigo Marv y yo,
y Tolola con su amiga Lotta.
Y Chispas.

Chispas es el perro de Marv.

A Tolola le encanta Chispas.

Igual que a Lotta, la amiga de Tolola.

"Pídeselo **tú**", dice Tolola.
Y Lotta: "No, **tú**".

"Marv, ¿**nos** dejas **cuidar** de Chispas?",
dice por fin Tolola.

Marv:
    "Pero, Tolola, ¿tú **sabes**
algo de **perros**?"

"Claro que sí. **Lo sé todo**",
contesta Tolola.

Y Lotta: "**Y yo**".

Tolola dice:

"Sabemos que Chispas es un perro listo, más que listo y más que súper-listo.

Y que sabe hacer cosas maravillosas."

Lotta: "Y que si quiere puede perfectamente tumbarse boca arriba."

Tolola: "Y hace piruetas. Y muchas cosas más."

Y bailar...
De veras, Lotta,
te aseguro que
Chispas
puede hacer
de todo
de todo
de todo."

Lotta:
"Pintar cuadros,
hablar..."

Tolola:
"Andar
a
dos
patas...

Marv dice:
"Chispas es el
perro más listo
del mundo.
Fíjate:

Chispas,
siéntate.
¡Chispas!
¡Siéntate!

¡Siéntate!

¡Siéntate!

¿Chispas?"

Mientras Marv intenta que
Chispas se **siente**, veo a unos amigos
jugando al fútbol, y me doy cuenta
de que tengo un montón de
ganas de ir a jugar.

Y le digo a Marv:
    "Oye, ¿y si jugamos un partido?"

Marv me dice:
    "¿Y quién cuida de Chispas?"

Tolola dice: **"¡Yo!"**

Y Lotta: **"¡Yo!"**

"Es sólo un ratito", digo yo.
"Con Tolola y con Lotta estará
estupendamente.
    Te lo **aseguro**."

"Muy bien",
dice Marv.
"Pero para poder cuidar
de Chispas hay que
saberse muy bien
estas normas:

Nada de **bombones**.

Nada de **pasteles**.

Nada
de **dulces**
de ningún tipo.

No hay que dejarle
que haga **agujeros**...

Ni que

persiga a los pájaros.

Ni

que

s e m e t a

en los
charcos.

Y
sobre todo,
NUNCA quitarle
la correa."

Marv dice:

"¿Me prometen de verdad
cuidar de mi perro?"

Tolola: "Prometemos
de verdad de la buena,
cuidar de tu perro."

Lotta:
"Prometemos muy verdaderamente,
cuidar de tu perro."

"A los perros hay que acariciarles y decirles cosas",
dice Tolola.

"Hay que decirles que eres su amigo,"
   añade Lotta.

   Tolola:
"Y tienen que jugar mucho.
   Eso es lo que más felices les hace."

Lotta:
   "Lo que más les gusta es que los cepillen."

   Tolola:
      "A los perros hay que sacarlos
   a pasear un buen rato."

      Lotta:
         "Si no, ¿para qué iban a tener patas?"

Entonces Tolola dice:
"Yo creo que tú no sabes de perros
tanto como yo."

Y Lotta responde:
"Pues mira, yo sé todo
lo que hay que saber de perros."

"Sí, pero me lo han dejado a mí",
dice Tolola.

"Y a mí",

dice Lotta.

Tolola:

"Nos lo han dejado a las dos, pero Marv ha dicho que me lo deja a mí un poco más que a ti.

Fíjate bien en **cómo** hay que llevar la **correa**. Así. ¿Ves? "¿Ves?" "De eso nada", dice Lotta. "Hay que llevarla así."

"¡Ohhhh...!"

"¿Chispas, dónde estás?"

"¿Dónde estás, Chispas?"

"¿Chispas, dónde estás?"

"¿Lo habremos perdido
para siempre?", dice Tolola.

"Yo creo que lo que le pasaba
es que estaba triste",
dice Lotta.

De repente Tolola dice:...

"¡Chispas!"

"¡Oh, no! ¡Hay **dos Chispas!**",
dice Tolola.

"**No**, Tolola, hay **dos perros**,
pero sólo **uno** es **Chispas!**",
dice Lotta.

"¿Pero **cual** es
de los **dos**?",
pregunta Tolola.

"**No sé**",
dice Lotta.

"¡**Ya lo sé!**", dice Tolola.
"¡El más **listo**!
Chispas sabía hacer **de todo**, ¿te acuerdas?"

"¡Es verdad! ¡Chispas sabe hacer de todo!", dice Lotta.

"Chispas sabe sentarse", dice Tolola.

"¡Chispas! Siéntate. Siéntate. ¡Siéntate!",
dice Lotta.

Y Tolola,
"Siéntate. Siéntate. ¡Siéntate!"

Lotta:
"¡Siéntate, siéntate, siéntate!"

"¡Mira, ése debe de ser Chispas!
¡Se ha sentado!",
dice Tolola.

Marv y yo terminamos de jugar al fútbol
y vamos a buscar a Tolola y a Lotta.
"Venga, chicas, es hora de volver", digo.

Pero las chicas parecen algo inquietas.

Y me dicen en voz baja:
"Juan, estábamos con
Chispas, y lo
estábamos cuidando..."

y entonces se fue así como a dar una vuelta...
sin correa.

y no sabíamos dónde estaba,
pero luego lo vimos, y no había uno,
sino dos Chispas,

y ahora no estamos seguras

de si este Chispas
es el Chispas
de verdad."

Entonces yo les explico: "Para saber cómo se llama
un perro hay que mirar en su collar. Fíjate.
Perro número: 144. Chispas.

Dueño: Marv Lowe,
Calle del Cocodrilo, 5."

"Es la placa de identificación del perro",
añadió Marv. "Pone su nombre y dirección
por si se pierde.
La llevan todos los perros."

Tolola dice:

   "Pero todo eso ya lo sabemos nosotras, Marv."

Lotta:

   "Claro. La llevan todos los perros
por si se pierden."

Y yo digo:
"Sí, exactamente.
¡Por
   si se
      pierden!"

Y Tolola dice: "Pero Chispas nunca se pierde."
Lotta: "No, porque es un perro requetelistísimo."
Tolola: "Sabe hacer de todo."
Lotta: "Sabe hacer de todo de todo de todo."